AF423751

أصايل آل جار الله؛ هي فتاة في الثانية والعشرين من العمر، تعشق الخيال المستمر المرتبط بالواقع المُرّ. خريجة علوم طبّية قسم التمريض، وعاشقة لكل الفنون وخاصةً الرسم.

الإهـــداء

إهداء خاص إلى السيدة الغالية والدتي صالحة سعيد أحمد الغامدي.

أصايل آل جار الله

سفاح في أروقة الماضي

AUSTIN MACAULEY PUBLISHERS™
LONDON • CAMBRIDGE • NEW YORK • SHARJAH

الرقم الدولي الموحد للكتاب 9789948252900 (غلاف ورقي)
الرقم الدولي الموحد للكتاب 9789948252894 (كتاب إلكتروني)

رقم الطلب: MC-10-01-5112507
التصنيف العمري: 17+

تم تصنيف وتحديد الفئة العمرية التي تلائم محتوى الكتب وفقا لنظام التصنيف العمري الصادر عن المجلس الوطني للإعلام.

الطبعة الأولى (2021)
أوستن ماكولي للنشر م. م. ح
مدينة الشارقة للنشر
صندوق بريد [519201]
الشارقة، الإمارات العربية المتحدة
www.austinmacauley.ae
+971 655 95 202

المقدمة

عندما لا تجد أحداً تثق به في هذا الكون الفسيح، تضطر إلى صنع طريقتك الخاصة للبقاء على قيد الحياة. سيكون من السهل عليك خداع الناس، سترى أن الواقع أكثر سوءاً مما تراه كل يوم؛ فالحقيقة دائماً ما تختفي خلف الستار الخفيف. إن لم تقتنع بحاضرك، فاخلق مستقبلك كما تريد أنت.

إهداء خاص إلى السيدة الغالية والدتي:

صالحة سعيد أحمد الغامدي

الفصل الأول

أحوال القرية كانت سيئة بالنسبة للفقراء، وكانت تتدهور بشكل مستمر، بينما كان الأمل يشرق كل يوم في أعين رجل فقير وبائس يدعى دوغلاس.

كان يعيش حياة بسيطة، فهو لم يكن يعلم ما قد يأكل في الغد، وأين ينام. حتى أُجبر من قبل شخص ما على الاعتناء بصبي حديث الولادة.

حياته تغيرت منذ تلك اللحظة.. بدأ يبذل جهده في جمع المال، وإطعام تلك الروح المسكينة. كان يبيع الطعام الذي يتقاضاه في عمله، عند عجوز تملك محلاً للفواكه؛ لأجل جلب الحليب، وكان يكتفي بتناول التفاح الذي يبقيه لنفسه.

وفي أحد الأيام، سُرِقَ ما كان يملكه، وقف مصدوماً، متألماً، يردد في نفسه: (لماذا لم أستطع حماية طعامي).

عاد إلى كوخه المتهالك، سمع صوت بكاء وأنين الرضيع من الجوع، شعر بندم اتجاهه، وعاد إلى السوق وباع حذاءه، فكسب الكثير من المال، ما يكفيه لتلبية احتياجات المولود لمدة شهر كامل.

لقد كان حذاؤه فريداً من نوعه، كان هدية من شخص غالٍ عليه، ولم يفكر يوماً في التفريط به؛ إلا أن الحياة أجبرته على ذلك. وعند عودته رأى الطفل لا يتحرك، فخشي أن يكون قد فارق الحياة! عندما اقترب منه، كانت الابتسامة تملأ وجهه، مرجعة لقلب دوغلاس السعادة، ونسي كل أحزانه.

مرت الأيام بحلوها ومرها، تاركة خلفها ذكريات لا تنسى.

سبع سنين جمعت بين اثنين لم يربطهما أي صلة دم.

في عام 1927م، احترق منزل أحد الأثرياء، مخلفاً خلفه خمس جثث، تعود إحداها إلى الخادمة، أما البقية فكانت للعائلة الثرية.

كان سبب الحريق غامضاً؛ فلم توجد أي أدلة على أنها حادثة عرضية، فقد تكتمت الشرطة على تلك القضية، وقالت إنها مجرد شرارة سببت ذلك الحريق.

ما دفع سكان القرية إلى الشك في أقوال الشرطة، هو أن العائلة تتكون من خمسة أفراد من دون الخادمة، لكنهم لم يجدوا السيد الصغير الذي يمثل الفرد الخامس.

سكن الرعب تلك القرية لعدة أيام، حتى بدأ يتلاشى تدريجياً، وعادت القرية إلى جوها الهادئ والمريح، إلا أن شبح الموت كان يدور حول شخص ما، فلم يسمح له أن يبتسم للحظة.

وبعد ثلاثة أشهر من الحريق الكبير كما يطلق عليه، وُجِدَت جثة لرجل في العقد الخامس مرمية بالقرب من نهر (فولتا). عانت من النحافة الشديدة، ولوحظ عليها أثار التعذيب، كما أن الرأس كان مفقوداً، وبسبب حرق الجثة؛ لم يتمكنوا من تحديد هويتها. كما كان المكان المحيط لها نظيفاً جداً؛ مما جعلها جريمة مستحيلة.

تم إغلاق ملف القضية، وتوجيه التهمة لمجرم مجهول. لم يهتم أي أحد بتلك القضية.

الفصل الثاني

مضت سنوات عدة، تغيرت تلك القرية الصغيرة والفقيرة، وأصبحت مدينة اقتصادية مزدحمة، منهية بذلك ماضيها. إلا أن فرداً واحداً فقط لم يستطع أن ينهي ماضيه؛ فقد كان يفكر ويخطط كل يوم.

أشرقت شمس يوم الأحد معلنة بداية عام جديد...

كانت جميع الطرق مكتظة؛ لم يكن بالإمكان النظر إلى الأفق، وكأن فيروسَ انتشربينهم، لا أعلم لم هذا الفرح بحلول العام الجديد! مع أنه ينقص من أعمارهم عاماً كاملاً أيضاً.

عندما تنظر إليهم تعتقد أنهم ملائكة تسير على الأرض، لكنهم شياطين خلت من قلوبهم الرحمة، يستطيع أحدهم قتلك والابتسام من جديد.

أنا أعيش بينهم، آكل من طعامهم، أرتدي مثلهم، أمشي بجوارهم؛ فأنا شيطان مثلهم.

هذا ما كان يفكر به ذلك الشاب، ذو الشعر الأحمر الناري، وهو يحدق بهم من شرفته، نظراته الباردة، وجهه الخالي من التعابير، كان متناسق القوام وكأن شخصاً قام برسمه، كما لا يمكن توقع عمره، لكن كما يبدو من مظهره أنه في الرابعة والعشرين من العمر.

التف وعاد إلى داخل شقته، لم أبالِ به، أكملت طريقي إلى مركز الشرطة؛ فأنا أعمل في مكتب التحقيقات الفيدرالي الـ (FBI)، واسمي هو جود. كانت لدي قضية أعمل عليها، لكن لم أتوقع أن التقي بذلك الشاب.

أمعنَ النظر إليَّ بعينيه الرماديتين ذواتي النظرات الحادة، ثم ذهب وهو لا يكترث بوجودي.

كان صديقي توم واقفاً إلى جانبي، وعندما سألته عن صاحب الشعر الأحمر، فقال لي إن اسمه (شارول)، وأنه انتقل للعمل هنا منذ أسبوع.. هذا ما استطعت معرفته فقط، أردت إقناع نفسي بعدم الاهتمام به، لكن لم يغب عن فكري للحظة.

مضت ثلاثة أيام أخرى، وعدت إلى هناك، وفي هذه المرة وجدته أيضاً، لكنه بادرني وكأنه يعلم ما أبحث عنه قائلاً: إياك أن تحشر أنفك، فإن نبشت الماضي فقد تفقد حياتك.

فرددت عليه بوجه عابس: أنا محقق وواجبي أن أحقق في خبايا الماضي لأظهر الحقيقة.

كنت أملك الحماس، والرغبة الكافية لحل تلك القضية الشائكة، ما كنت أحتاج إليه خيطاً واحداً لكشف الحقيقة، لمن غفلت أعينهم عنها.

مازالت الأيام تمضي ولم أحقق أي تقدم، أربعة أشهر منذ أن توليت التحقيق في تلك القضية، كان الأمر صعباً، لم أستطع الاستسلام.

عدت إلى شقتي، استلقيت على سرير، بدأت أحدق في السقف، ما توصلت إليه أن الطلاء بالٍ، والغبار يملأ المكان. أخذت معطفي الأسود ذا الياقة الذهبية، وتوجهت إلى أقرب حانة.

شربت الكثير من الكحول؛ لدرجة أنني لم أعد أميز يدي، تجاوز الوقت منتصف الليل، بدأت الحانة تمتلئ أكثر فأكثر، وصوت الموسيقى يزداد أيضاً.

الفصل الثالث

شعرت بنعاس شديد، في اللحظة التي أردت إغلاق عيني فيها رن هاتفي، كان رقماً بدون اسم، فتحت الخط، ولكن صعب علي سماعه؛ فخرجت أمام الحانة.

كان المتصل صديقي توم، أراد رؤيتي في أقرب وقت؛ فأخبرته عن مكاني، فأتى بسيارته (البيتلز) المفعمة بلون النبيذ، وفي الطريق دار حوار بيننا:

قال لي: رائحتك كريهة جداً...! أما زلت تشرب الكحول؟

كنت متكئاً على نافذة السيارة، أملت رأسي اتجاهه، ابتسمت قائلاً: ألا تخجل من قولك هذا لي!

فأجاب دون تفكير: أنت لم تخجل بالجلوس إلى جانبي برائحتك هذه!

- حسنا أتفهم كرهك للكحول لكن، هل لي أن أعلم سبب اتصالك بي في مثل هذا الوقت؟

- أعتقد أنه يمكنني رؤيتك في أي وقت أريد.

- آه أجل! أتوقع ذلك عندما تفشل الشرطة كالمعتاد.

- تذكر أني شرطي أيضاً، يمكنني القبض عليك.

- افعل ما تريد! أشعر بالاطمئنان عندما يهددني شرطي مثلك، لا أرى فرقاً بينك وبين المجرمين، سوى بدلتك التي تمنحك الأمان التام، لكن عليك البحث عن شخص آخر غيري لحل مشكلتك.

- أكره تلميحاتك تلك.

- أياً كان.. ألن تخبرني بما يحدث؟

- أَتَذْكُر إدوارد؟

- ذلك الشرطي ذو البشرة القمحية؟ أعتقد أن اسمه إدوارد جيسون، يبلغ التاسعة والأربعين من العمر، مطلَّق وله طفلتان تقيمان عند أمهما... عدا أساليبه الدنيئة، فلا أعرف شيئاً آخر.

- واو، أنت تعرفه أكثر مني!

- ليس كذلك، التقيت به في إحدى القضايا.

- لقد وُجد مقتولاً في منزله، أردت منك رؤية موقع الجريمة. عندما وصلت كانت هناك بركة من الدماء أمامي، كأن شخصاً قام بطلاء الأرضية بأكملها، كانت الجثة ممددة

ومنطرحه على بطنها، والساق اليسرى محروقة من أصابع القدم إلى مفصل الركبة، والسكين تخترق الظهر مباشرة إلى القلب. كانت هنالك ورقة ثُبتت بين مقبض السكين والظهر، كتب عليها الحرف (A) من الأبجدية الإنجليزية، الرقم 23، بالإضافة إلى الشرطة المائلة (/).

كان توم يتساءل عما توصلت إليه، فأجبته وأنا في حيرة من أمري، إنه قاتل محترف، وطريقته في القتل فريدة من نوعها، لقد أدهشني حقاً؛ فهو أخفى كل الأدلة، كأنه لم تحدث جريمة في الأساس، لكن يمكنني القول إنه شاب يتراوح عمره بين العشرين والثلاثين، يملك شخصية باردة الأعصاب، كما أنه يعرف السيد إدوارد من قبل، لا يمكنني نسيان حسّه الإجرامي، فلم أعرف معنى A/23 حتى الآن.

جلس توم جلسة القرفصاء مواجهاً للجثة، وملامح التعجب بادية على وجهه، وهو يهمس: كيف لك توقُّع عُمْرَ الجاني هكذا؟

فأجاب شخص ما من خلفي، بصوت رخيم مملوء بالكبرياء: ذلك بسبب عمق الأثر الذي تركته السكين.

استدرت للخلف؛ لأراه أمامي، وقفت ساكناً، شعرت وكأن روحاً شريرة تملكت جسدي، كان متعالياً وطريقته في الكلام لم تتغير.

التزمت الصمت عند حديثه.. **تابع:** من البديهي أن الضحية على علم بهوية القاتل؛ فلا توجد علامات مقاومة، كما أن رائحة التبغ تفوح منه، هنالك بقعة ذات لون أحمر داكن على طرف كمه الأيمن معاكسة لاتجاه الرسغ، أعتقد أنها تعود لمشروب لم يجف بعد، هذا يعطيني احتمالَ أنهما التقيا في أحد المقاهي، بعدها أتيا إلى هنا حيث قتله، وأخفى معالم الجريمة.

لقد كان مذهلاً، كيف ولا وقد توصل إلى ما كنت أريد قوله، ظهور (شارول) المفاجئ، أدهشني أكثر من أي شخص آخر قابلته.

من الوهلة الأولى شعرت بعدم رغبته في تواجدي، تصرفاته المتعجرفة كانت توحي لي بهذا، فقد لمحته وهو يتحدث لتوم **قائلاً:** أنا لا أرغب في تدخل الحشرات المتطفلة في القضايا التي أتولاها، أعتقد أنك تفهم ما أقول.

خرجت من دون أن يشعر بي أحد، من تلقاء نفسي، قررت العودة إلى منزلي سيراً على الأقدام.

كان البدر يمزق عتمة الليل، والنسيم يلامس أصابع يديَّ المتجمدة من شدة البرد.

أسئلة محيرة تدور داخل رأسي: كيف، متى، لماذا، أين؟

كنت متعطشاً لمعرفة الكثير عن القضية، قد يكون جنوناً، لكنه كان المجرم الذي طالما حلمت بوجوده، مواجهته، ها هي الفرصة.

حقائق عن الشخصيات

الاسم الكامل: جود سلفر أرثر فين.

مواليد: 12 يونيو.

يعاني من خلل جيني تسبب في انعدام لون العينين والشعر، لذلك يضطر إلى ارتداء عدسات زرقاء، وصبغ شعره باللون الأسود.

الطول 172، الوزن 69، معدل الذكاء 199.

يحمل وشماً خلف الأذن اليسرى باسم عائلته الحقيقية، وهي عائلة المالديف.

يعشق الزهور المخملية، وكل ما يحمل اللون الأحمر القاتم، بينما يكره اللون الأصفر.

موهوب في الرياضيات والرسم، وفاشل في القراءة والإملاء؛ لذلك يتجنب الكتابة أمام الآخرين، ويفضل استخدام الرموز.

ليس لديه أي نظرة للنساء، ويميل لأشياء أخرى.

يعتقد أنه فريد من نوعه، ودائماً ما يكرر "ذلك سلبي بشكل واضح"، ونادراً ما يبتسم. يستمتع بشرب كوبٍ من الشاي وهو يشاهد الدماء، ولهذا يقوم بجرح يده عندما يحزن، معتقداً أن تردده في ذلك ضعف منه.

يعتبر حظه عدوه اللدود!

الفصل الرابع

رجعت إلى المنزل، فرأيت السيدة ماندلي تنتظر عودتي، جالسه أمام عتبة الباب، على الدرجة الثالثة، ممسكة بيدها شمعة كادت تنطفئ، مرتدية وشاحها ذا اللون الوردي المفضل لديها.

مع أن السرور يكافح للظهور، إلا أن العتاب سبقه، فقد بادرت بتوبيخي على الاطمئنان علي، مبررة بذلك أن الساعة تعدت الرابعة فجراً، فما كان بيدي سوى الاعتذار، ووعدتها بعدم تكرار ذلك.

التقيت بالسيدة ماندلي منذ خمس سنوات، في ليلة مظلمة شديدة السواد، كنت أقود سيارتي بسرعة جنونية حتى فقدت السيطرة عليها؛ لأصدم رجلاً في الثلاثين من عمره، فيموت إثر إصاباته الخطيرة. في أثناء التحقيق معي دخلت امرأة عجوز تبلغ الثانية والستين.

وبدون مقدمات، رفعت يدها مستجمعه كل قواها لصفعي، ثم قالت بصوت حزين ومتقطع: لقد قطعت زهرة شبابي وبهجت حياتي.

فطلبت من المحقق العفو عني، خرجت لتتركني خلفها نادماً، متحسراً على فعلتي تلك. ليخبرني بعدها الضابط إنه ابنها الوحيد المتبقي لها من عائلتها.

اعتزلت القيادة، أخذت على عاتقي العناية بالسيدة ماندلي؛ لأكفر عن خطيئتي بعد معرفتي أنها تعاني من متلازمة الشريان التاجي.

أصبحت ألبي طلباتها؛ مقابل السكن لديها، فتقبلتني بصدر رحب، عاملتني كابن لها.

لقد غيرت نظرتي للحياة، فقد كانت متسامحة، لطيفة لأبعد الحدود، لها جانب قاسٍ، عنيف كذلك. لأسير مبتسماً معها، فلما وضعت يدي على قبضة الباب ودفعته للدخول، فاحت رائحة البسكويت في ذكريات الماضي التي تعود لتؤرق حياتي، إلا أن ظلها لم يكن مكتملاً، لأجد نفسي واقعاً في أروقة الماضي.

اعتقدت أن إعداد كوب من الشاي قد يساعدني في الاسترخاء، لكني أخطأت.

تركت الكوب على الجانب الأيسر للمكتب، غفوت فوق كتل الأوراق التي أضاعت وقتي، في التفكير بمعنى A/23. لأستيقظ على بقبقة الشاي المنسكب على الأوراق؛ لأخسر كل ما كتبته، مع عدم وجود شيء مهم بها.

إلا أن حظي يغيظني، فهو مثل قطع الزجاج المتناثرة، فإن جمعتها فلن تعود كما كانت، إن تركتها ستجرحك.

هممت في نفسي أن أستحم، فخلعت كل ما يستر جسدي، اتجهت إلى الحمام تاركاً بابه مفتوحاً.

أجمل ما قد أفعله في حياتي هو الاستحمام فمع كل قطرة، ينزاح عن صدري هم.

سرحت أدندن نوتات معزوفة بتهوفن (ضوء القمر). بعدما انتهيت، نظرت إلى المرآة، لأجدها تعكس صورة حرباء بغيضة تجلس على الكرسي، تنظر باتجاهي.

يشتركان في كل المواصفات، عدا أنه لا يغير لونه للظروف؛ بل اتباعاً لطبعه المنحرف.

- أريد أن أعرف أين بعت أخلاقك؟

- آه.. ما خطبك!

- ألا يمكنك غض بصرك.

- أنت تعلم أني أضعُف عند رؤية مشاهد خلابة.

- أيها الأحمق! ضال منعدم الأخلاق! اخرج من هنا حالاً.

- ولكن ما بك تصرخ وكأن لا أحد في العالم يملك مؤخرةً غيرك؟

- آه حقاً؟! إذاً أنت لن تمانع عندما أمعن النظر في جسدك العاري!

- إن كنت تمانع، لمَ لا تذهب وترتدي ثيابك، أفضل من النقاش معي؟!

ذهبت وارتديت قميصي الأبيض وبنطالي الأسود، في أثناء تعديلي لربطة العنق، **قلت له:** هل لي معرفة سبب قدومك إلي يا سيد توم، مع أن آخر لقاء لنا كان بالأمس؟!

- جئت من أجلك يا كلبي الفضولي.

- كلب...!

- كلبي.

جلس على الأريكة، مدَّ قدميه فوق الطاولة الزجاجية، مواجهاً لرفِّ الكتب بجانب المدخنة، أخرج الغليون من جيبه وأشعله: أنت تعرف جيسي ابنة مات داون؟

- من تكون هذه؟

- تلك الشرطية الشقراء من المرور.

- لا أعتقد أني التقيت بها من قبل!

- هذا غريب! فقد ألحت علي بقدومك، إنها تدعوك إلى عيد ميلادها.

- لن أذهب، فأنا لا أحب مثل هذه المناسبات.

- لا تكن غبياً، فهناك الكثير من الفتيات الجميلات، كما أن ذلك المغرور سيأتي.

- لا أعلم إن كنت سأذهب.

- حسناً، سأمر لاصطحابك في السادسة.

- أخبرتك، إنني لست واثقاً من قدومي.

- اتفقنا، سأنتظرك، كن جاهزاً قبل مجيئي.

خرج وكأنه لا يستمع لما قلت، الآن أصبحت مجبراً على الذهاب لمكان لم أخطط له، على الأقل سأستمتع بمذاق الفودكا.

ذلك الحقير، يقيم الحفلات ويستمر بحياته، ويظهر للناس جانبه الإنساني، ها قد بدأ العد التنازلي للنهاية، أصبحت متشوقاً للجولة الحاسمة.

الفصل الخامس

الثواني مضت ساحبة معها الدقائق والساعات، لتصبح السادسة مساء، لنذهب لذلك الحفل المتكلف الذي يظهر الجميع سعداء لأجل من أقيم له.

لكن الحقيقة غير ذلك، فهم جاءوا لملء بطونهم بطعام لم يخسروا فيه فلساً، يرمون النفايات في المكان لمعرفتهم أنهم لن ينظفوه. وبعد انتهاء هذا اليوم لن يعرفوا من أنت، ومن تكون سوى بمالك، وعندما يبتسم الجحيم لك، يفر كل من حولك لتتحسف على كل ما قدمته لهم.

ولكن، من قد يلومهم؛ فالطعام شهي، ولأكون واضحاً فقد جئت هنا لشيء في نفسي.. فالفتيات هنا جذابات، ونصف أجسادهن عارية، لكن لم تلفت انتباهي أي واحدة، فانا أحب الفتاة التي تؤمن بأن الجمال في روحها، وتكتفي بإظهار وجهها وليس الجسد، لكن هذا الكلام لا ينطبق على توم، فهو تقرب

من كل من يراها جميلة، تاركاً مَن قَبْلها. لا أعلم أي قرابة تربطه بالشيطان!

أخذت أبحث عن مكان هادئ للاستمتاع بما أشربه، وجدت تلك الكنبة السوداء.. كانت بعيدة عن الضوضاء، والضوء المحيط بها خافت جداً. بإمكانك رؤية كل من كان في الحفل، وكذلك السماء المتلألئة بالنجوم.

كنت أشرب الفودكا وكأنني متذوق، لتمتد تلك اليدان البيضاوان من خلف رأسي، ضامتان صدري بقوة.

كانت في إحداهما ساعة ذهبية، **لتهمس في أذني**: امنحني قلبك، وخذ عذريتي.

فأجبت مبتسماً: لن أحبك، ولو سكن البشر الشمس، فإن عرضت عذريتك لي، فستعرضينها لغيري.

فقالت ساخرة: من تعتقد نفسك! ثم أنت لست من نوعي المفضل.

سألتها وأنا أهز كأس النبيذ: لمَ الكذب؟

تظاهرت بالحيرة: عمَّا تتحدث!

- نحن في التاسع من فبراير، عيد ميلادك في التاسع من أكتوبر.

- ما الخطب في أن يحظى المرء بعيدين، ثم لا أحد سيلاحظ.

- أجل لا خطب في ذلك لكن، إن كان بإمكانك هدر المال في التفاهات، فهنالك الملايين من البشر يموتون جوعاً، يحرمون من أبسط حقوقهم.

- يا لك من متشائم مجنون، كف عن تفسير الأمور فمن حلل الألماس وجده فحماً.

- لهذا لا تحبون الحقيقة؛ لأنها تظهركم على هيئتكم.

- أكره الحديث معك.

- أبادلك نفس الشعور أيتها الشقراء.

حقائق عن الشخصيات

الاسم الكامل: شارول أكرم.

مواليد: 12 أغسطس.

يتميز بلون شعره الأحمر وعينيه الرماديتين. يحمل اسم أكرم من الشخص الذي تبناه، لديه أخ توأم اسمه (أوهارو)، مات في سن التاسعة.

الطول 169، الوزن 64، معدل الذكاء 198.

يهوى عزف الكمان والغناء في منتصف الليل، يحب العزلة بشكل جنوني ومبالغ فيه، مهووس بقراءة الكتب وأبيات الشعر،

يحب الشاي بالنعناع، ولديه عادة غريبة في تناوله؛ فهو يتناوله باستخدام ملعقة!

يعشق اللون الأسود، يحمل وشما آخر ظهره، رسمته أمه قبل أن تتخلى عن ابنها، يحمل اسم عائلة المالديف.

مهوس بالنظافة.. أكله المفضل الخضروات المسلوقة.

الفصل السادس

اقتربت من وجهي وكأنها تريد تقبيلي، لكنها لم تفعل، بل قالت: علي الذهاب الآن، لكن سأوقعك في شباكي.

ثم اختفت بين الحشود.

دار حديث آخر بيننا، لكني فضلت أن يبقى سراً. تعرفت على جيسي منذ زمن بعيد، جذابة، حيوية، تشعرك بالإثارة الجنسية، لم تتغير إطلاقاً، لا أدري إن كنت أكن لها بعض المشاعر، لست واثقاً إن كانت هي أم والدها.

وبعد دقائق من رحيلها جاء شاب أنيق، للوهلة الأولى تعتقد أنه ينحدر من أسرة ثرية. أتى مبتعداً عن الصخب، في يده كأس من النبيذ الأحمر.

لم أتمكن من تمييز ملامحه؛ بسبب خفوت الضوء، جلس إلى جانبي منحني الظهر، ويداه على ركبتيه. رفع كأسه موازياً

للقمر، ليعكس عليه نوراً أحمر، كان جميلاً وبريئاً كالحمل الوديع! لا أصدق أنه الشخص نفسه الذي التقيت به من قبل.

استطعت سماع بعض كلماته التي ما لبثت حتى اخترقت قلبي قبل عقلي، لولا الصوت الذي يخرج من فمه؛ لاعتقدته ميتاً.

- لست إلهاً، لا أقوى على تعديل الماضي، ما أنا عليه بسبب جشع البشر، ليست حياتي، لا أنا من أختارها، لقد أثمر ما زرعتموه، فقد حان الحصاد.

كنت أشك أن نسبة الكحول في جسده فاقت الخمسين بالمئة من دمه، لكنه لم يكن ثملاً، كما لو كان يشرب الماء.

قلت له محاولاً التخفيف عنه: ليس بيدنا اختيار مكان ولادتنا، ولا الاسم الذي يُطلق علينا، لسنا سوى بذور أزهار يكلف بها شخصان، فإما أن يتركاها تذبل وتموت، أو يربياها فتزهر، لكن لنا اختيار الطريقة التي نكمل بها حتى النهاية.

فبادرني الرد بصوت متقطع: كل ما أردته هو عائلة، ليست شخصيات أنسجها من خيالي، عندما كدت أن أجده، اختفى قبل أن أكوّن صورته في ذاكرتي.

سرعان ما عاد (شارول) لطبيعته، مشتعلاً كالنار، وعيناه تبرقان كرعد بنظرات قاتلة، والرياح تداعب خصلات شعره قاتمة اللون، وهالة مخيفة تحيط به.

وجدته ينظر لشخص، صعد لتهنئة جيسي، أجل إنه مات داون الذي أبدى سعادته ببلوغ ابنته، ويتمنى أن يراها أُمًّا.

بعد ذلك كان (شارول) قد رحل دون أن ألحظ.

نهضت أنا أيضاً، فقد اكتفيت وحان وقت الرحيل. بحثت هنا وهناك حتى وجدت توم، مخموراً ولا يستطيع الوقوف، طلبت منه الاتكاء علي، وسرنا متجهين إلى أقرب موقف للحافلات.

الفصل السابع

على بعد عشرة أقدام من حديقة (الحديقة الذهبية) وجدت مذكرة ملقاة. التقطها ووضعتها في جيب بنطالي الخلفي.

كان من الصعب السير مع توم، أو توقع متى قد يستعيد وعيه، لم أكن أحسن حالاً منه؛ فالصداع النصفي بدأ يلازمني منذ ربع ساعة.

وصلنا أخيراً إلى المحطة، أجلست توم على أحد الكراسي الخشبية، أما أنا فتوجب علي العبور للجهة المقابلة حيث توجد كبينة الهاتف.

أخذت أبحث عن بعض القطع النقدية، عندما وقعت مني ساعة الجيب الفضية، تدحرجت حتى وصلت إلى كتلة لا تتضح معالمها، وحين اقتربت منها تبين لي أنها جسم إنسان، التقطت ساعتي دون مبالاة بالرجل؛ معتقداً أنه متسول قرر افتراش العشب للنوم، لكن لم أستطع أن أغض الطرف،

لاسيما أن وضعيته كانت غريبة؛ فقد كان مستلقياً على بطنه، كما أن ما يرتدي لا يوحي بفقره، فاقتربت هذه المرة أكثرفأكثر، ونزعت عنه معطفه الجلدي الطويل.

وقفت ساكناً، مذهولاً من روع الفاجعة، لقد كان جثة هامدة، وكسابقتها، حُرِقَت القدم اليمنى من الأصابع إلى المفصل، والسكين تخترق الظهر، ثُبِّتت عليها ورقة كتب بها الحرف ٧. رحت أتفقد المكان بحثاً عن أي دليل، لكن لم أجد شيئاً.

أخرجت قلمي وتلك المذكرة، فقد احتجت إليها.. رسمت شكلاً مبسطاً لوضعية الجثة، وبدأت أتفحصها بنفسي، لاحظت من تصلب الفك أنها قتلت قبل ساعة ونصف، لكني لم أكن واثقاً من التوقيت، فدرجات الحرارة منخفضة، والجو بارد؛ وهذا يزيد من سرعة تصلب الجثة. سجلت كل ما احتجت إليه، ثم اتصلت بالشرطة. ريثما يقدمون، عدت إلى المحطة، كان توم قد استعاد وعيه تقريباً.

علمنا لاحقاً أن الضحية يدعى (لوكاس جارولد).. قناص سابق، مع أنه عانى من العمى الليلي، إلا أنه محترف، عاد إلى الدولة قبل ثلاثة شهور، متزوج من امرأة روسية وله منها أبناء يقيمون في الخارج.

ما يشغل تفكيري سبب قدومه لمكان مظلم كهذا، إن كان
يعاني من عمى الليل.

ما يشغل تفكيري سبب قدومه لمكان مظلم كهذا، إن كان يعاني من عمى الليل.

الفصل الثامن

لم تمر بضع دقائق حتى ورد اتصال مفاده أنه تم العثور على جثة أخرى على بعد شارعين من هنا!

كان من المحظور على رجال الشرطة تناول الخمور والمسكرات أثناء أداء العمل، أو حتى عند الاستدعاء المفاجئ، والفضول يجري في عروقي، تبادلت مع توم الملابس واستعرت بطاقته التعريفية، فلا فائدة بذهابه بتلك الحالة.

ربما تكون هناك منفعة لتقليل عدد الفاسدين في مناصب قد تنصف أو تقصف، وتخفيض التكاليف المادية، لكن هذا سيزيد من العوائد المالية للحسابات الشخصية، لذا أفضل بقاء توم على زوال أمثاله؛ فتلاشيهم، قد يتسبب باتهامات بالعنصرية، فواجب مشاركة الدنيء والكريم.

عصرنا هذا فرض الكثير من التقدم وراء العصر الحجري، لاسيما عندما تكون حاجتك لدى شخص أدنى منك مقاماً

ولفظاً. أصبحت الأنفس تذل وتقهر، ترد وتردع، لست واهماً في السلطة، لكنني تطعمت من سمها.

في أكثر الأماكن عدلاً وإنصاف، تجد ختم (الواسطة) متوفر، وإن لم تتمكن من نيله؛ تجد نفسك من رواد السجون، وربما تجد الحق محبوساً بجوارك بتهمة التطفل. أصبح على الإنسان فعل الخير من المحال، فإما أراد به مصلحة، أو تكفيراً لذنب اقترفه.

أصبح التاريخ شاهد على وحشية أنفسنا، وهبنا أكثر مما نستحق، حان وقت الشكر وترك الجحود، قبل أن يأتي يوم لا عفو فيه عما سلف.

أن تُحرَم من كونك إنساناً، هذا ما شغل تفكيري. لست متأكداً من كونه قد ذاق الأمرين، فلا أحد يقدم على القتل؛ إلا من شرب حمماً من القهر.

توجب علي ارتداء الكِمامة على فمي، تظاهرت بالإصابة بالإنفلونزا. التنكر بزي شرطي أسوأ ما قد أفعله، فبغضي لهم تعدى الحدود.

وصلت إلى موقع الجريمة، تفاديت بعضاً من رجال الشرطة؛ خشيت افتضاح أمري.

لم تختلف الجثة عن سابقاتها، منطرحة على بطنها، لكن هذه المرة حرق الجسد من مفاصل الركبتين إلى الكتفين، تاركاً كلاً من الرأس، والذراعين، والقدمين سالمة.

كما ثُبِّتَت السكين على الظهر بناحية القلب، لم يعد من الغريب أن أعثر على ورقة كتُب عليها حرف ما، لكن توقعاتي تلاشت؛ فلم أجدها!

الفصل التاسع

شيء غريب يحدث، لماذا لم أعثر عليها، هل هو نفس الجاني؟ أم إنه شخص أحب تقليد أسلوبه في القتل؟

اعتمدت على تلك الحروف التي يتركها، انتظرت المزيد لعلي أكشف الستار عنه. وقعت في حيرة من أمري، لم أكترث بإيقافه أكثر من معرفة من يكون. من فعل هذا، كيف استطاع قتل شخصين بفارق عشر دقائق بين وقت الوفاة لكل واحد؟

شعرت وكأني قطعة الحلوى التي تعرض فلا يقبل بها.

رحت أدور حول الجثة، عندما كدت أكملها لمحت عيني أثار دماء حيث كنت أقف امتدت إلى الجدار، فرفعت بصري ليقع على الرقم (1) نقش بدم على الحائط.

تغلغل في قلبي السرور وضحكت بجنون، تلك النفس المنشقة بين الذات والكينونة، عندما تقف بين طريقين، أيهما تختار. ذلك الشعور، أجل أن تكون حائراً وتعلم ما تفعل.

خرجت أهرول ثم أوقفت سيارة أجرة..

طوال الطريق وأنا أفكر: هل ضعفت دفاعاته، أهي آخر ضحية، هل شعر بندم، ما هو السبب الذي جعله يرسم الرقم (1) بيده ويترك بصماته، أم إنه يعلن التحدي.

استبعدت احتمال أن الضحية من رسمه، فلم أجد على أصابعها أثراً لدماء.

وصلت إلى منزل ماندلي، فتحت الباب وأغلقته بهدوء، لست في مزاج جيد لأستمع لمحاضرات السيدة. دخلت إلى غرفتي، جلست على الكرسي ذي المسندين.. أشعلت شمعة، أخذت تلك المذكرة.

مزقت ما كتبت ووضعتها أمامي معتقد أني سأكتشف شيئاً جديداً، ربما من وضعية الجثة التي رسمتها، أو ما كان حولها، ثم خطر ببالي أن أرى اسم مالك المذكرة، لم أتصور أبداً أنها تعود للوكاس جارلد، الضحية الثانية.

علمت أنني تقدمت بخطوة، بنيت فرضية أن المجني عليه قد توقع ما قد يقدم به الجاني، وفي غفلة منه رمى بالمذكرة لكي يعثر عليها، أو أنها سقطت منه.

انتابني الملل، وهذا قبل أن أنهي السطر الثالث، لطالما كرهت القراءة، لا أرى فائدة منها، شيء سخيف! فهي أشهر طريقة لاكتساب المعلومات.

بالنسبة لي، أن تستمع إلى الكلمات وهي تخرج من بين شفتي شخص غيرك، أعذب من صوت الناي، لكن لا خيار لدي، لا يمكن مشاركة أحد بها، فمن يدري، قد يكون القاتل إلى جوارنا.

الفصل العاشر

نهضت بعد سماعي لقرع الباب، أعتقد أنكم توقعتم من القادم.. لاح الفجر ولن يأتي في مثل هذا الوقت سوى شخص واحد، أجل ستكونون أذكياء إن عرفتموه.. إنه توم!

فتحت له ووقفت بجوار الباب، دخل وهو يصرخ قائلاً: ما الذي كنت تفعله؟

أجبت ساخراً: كنت أفكر أن أكون إلهاً، هنالك المئات من الحمقى الذين يصدقون، ربما يقاتلون بوحشية من أجل أكاذيب في بعض الديانات، يمكنك الكذب لتنال مبتغاك، ثم مسح ما اقترفته بالدين...

لكن ما يثير جنوني كيف يصدقون وهم يرون ويسمعون ويعلمون ما يعبدون، ولديهم كتاب مبين؟! جهلُ الإنسان بما يعلم أسوأ من جهله بما لا يعلم.

- عمَّ تتحدث أيها المختل؟! اخلع ثيابي وأعد لي هويتي، ما الذي خطر في بالك لتنزع ما أرتدي، يا لك من منحرف!

- خلعي لثيابك أهون من تقاضيَّ المال من المهاجرين غير الشرعيين لتهريبهم عبر الحدود، ثم لا تقل لي منحرفاً، فقد أغلقت عيني، لا شيء جديد لأشاهده، ولا أريد أن أفقد بصري.

- إني أعمل لمصالحي الشخصية، لا يتنافى معي أي شيء لكسب سكن وتوفير الطعام والمال، وهذا ليس عذراً يُغفر لك.

- أراك تفيض غضباً، مع أنك رأيت جسدي كاملاً وقلت إنه أمر عادي.

- هل تعلم أنك عديم الأخلاق؟

- الفضل يعود لك، فقد تعلمت الكثير منك، فنحن في الهواء سواء.

- حسناً، إن كنت تخزني بالكلام، فعلي رؤية تلك المذكرة التي انتشلتها من الأرض.

- كنت أعلم أنك بكامل وعيك، لمحت حركة عينك، لذا وضعت القليل من (إيزوفلورن) على كم المعطف الخاص بي، وجعلتك تستنشقه دون إدراكك لذلك.

دخلت السيدة ماندلي، موقفة الحديث بيننا، أو بالأحرى شجارنا، كما تحبون أن تروه.

أخبرتني أن هنالك شابة تريد التحدث معي عبر الهاتف.

<h1 style="text-align:center">الفصل الحادي عشر</h1>

نزلت مستخدماً السلالم، أخذت سماعة الهاتف وأجبت:

أنا هو جود، من المتحدث؟

لم يجب المتصل، كان بإمكاني سماع اصطدام الموج بالصخور، فتوقعت وجودها بالقرب من البحر، بعد هدوء دام طويلاً، **قالت بصوتها الملائكي**: أصبح صوتك أكثر خشونة، لست أدري مدى التغير الذي بت عليه.

- لا لست محباً للرسميات، لكن من غير اللائق أتحدث دون التعريف بالاسم.

- أنت من وقف أمامي متباهياً بشرب كأس السيد آنجلو، مع أني كنت أعلم أنه عصير التوت، فهل عرفتني؟

ابتسمت متعجباً: لا زلتِ تذكرين هذا؟

فأجابت بدورها: مر زمن طويل! بالتحديد خمس سنوات.

صمتُّ ولم أقل شيء، **فقالت بدون مقدمات:** هذه هي المرة الأخيرة التي سآتي فيها إلى هنا، أردت زيارة الميتم الذي عشنا به قبل رحيلي، فهل لك أن تأتي؟

- أجل، لا شيء يمنعني من القدوم.

- سأنتظرك أمام الكوخ القديم، بعد أسبوع من الآن.

ثم أغلقت الخط، رحلت كما في الماضي، ها قد عادت لترميني داخل ثقب أسود، يجذبني حيث لا أدري.

يا ليت الماضي ينسى، أيا ليت بيدي رسم الطريق، فنيَ العمر ولم يبقَ في الدهر مثل ما مضى، نخدع الناس وما نخدع إلا أنفسنا. نظلم، نهتك، نقتل، نغني، نبكي، ونضحك. لكن القلب خلا الحياة وما زال ينبض.

سرت وكأني ميت، رجوت ربي لو لم تعد، لو لم تتصل، لو لم أكن هنا لأجيب! أحسست أن ناراً تلتهم أنفاسي، والغم مسترخٍ فوق قلبي، وكأنه آخر يوم لي. أردت البكاء، لكنه كان كالخزي لمن بسني!

نسيت كل ما حدث عندما مضت خمس دقائق؛ فلم أحب أن أشغل تفكيري بشيء، سيقع في المستقبل القريب، فوقتي أثمن من كل شيء.

لك أن تراهن على فرس، ربما تفوز أو تخسر، لكنك ستفشل لو راهنت بعمرك؛ دون أن تراهن بنفسك.

مازلت مؤمناً بأني مهما فعلت، أو قدر ما فقدت، لن أنال في هذا العالم إلا ما وجدت لأجله، ومع ذلك ربما أصبح حاكماً أو فقيراً.

النجاح يتحقق منذ اللحظة التي نفكر به، لذا لا تقف في مكانك، اسع فساداً في الأرض، فقد تعلمت إن لم أصرخ فلن يكون لي بها قرار.

الفصل الثاني عشر

صعدت إلى غرفتي، حيث تركت السيدة وتوم، قد ترى الأمر غبياً، لكنه ليس كذلك.

إنه يؤرق حياتي، كأنني كنت أحتاج لهذا! كل مرة أقنع عقلي بالنسيان، فإن جسدي يرفض. لست مدركاً ما بروحي، لكنها جُرِحت منذ زمن طويل.

كل ما يسعني قوله هو أن الحياة جحيم، بل أسوأ من ذلك بكثير. قد تراني واقفاً أمامها، وعيناي تنظران إليها، لكني لا أراها.

مهما تقدمت النساء في العمر، فلن تستطيع الهروب من أعينهن، ولا الكذب عليهن.

هذا ما أكدته لي السيدة ماندلي بعد **قولها**: قد تراني يا بُنيّ عجوزاً هالكة، وتعتمد على النظارات وعصا للوقوف، لكني أملك خبرة أكثر منك، لا أعلم ما دار بينكما أو ما قد تعنيه لك

تلك الشابة، لك أن تصغي أو لا، لقد هُجرت ست مرات، وتمت خيانتي إحدى عشرة مرة، خُدعت مرتين عندما أحببت مات بعد سنة من زواجنا، عليك أن تدرب قلبك على التخلي عن الناس، قبل أن يتخلوا هم عنك، سيأتي يوم تندم فيه على كل لحظة أمضيتها، من أجل شخص هرب بعدما أخذ منك ما يريد.

رددت عليها متعجباً: لست كما تعتقدين! كل ما في الأمر أني ارتبطت بعمل، ثم أنت أقوى مني مئة مرة، فكيف تصفين نفسك بالعجز!

سرعان ما غضبت: ابتعد عني يا لك من قط جرب، أتحسدني على عمري؟!

فقلت لها لعلها لا تدرك قولي: أبهرني عمى الأبصار عن دلو الماء.

فمالها إلا أن ألجمت لساني بقولها: عجباً من عقل الجاهل إذا أنار، ويل لك من حاكم ظَلَم، ومن عبد طغى.

استوقفتها بقولي: آه! ما الذي تقصدينه؟ ثم لم أرَتوم من وقت ليس بقصير؟

- لا أدري ما أصابه! ذهب يجرُي باتجاه الحمام، بَدِّل ما ترتدي، وتعال أنت ورفيقك لتناول الإفطار.

جلست على مقعدي، كانت بضع لحظات حتى خرج، وهو يتألم من بطنه ويشعر بدوران، من الطبيعي حدوث ذلك، بعد أن جعلته يستنشق المخدر. أخبرته بطريقتي الساخرة: ما بك ترتعش؟ عندك ألم؟! إنها مجرد أعراض وستزول.

- فلتصمت لا أتحمل رؤيتك أمامي.

- أنا لا أراك بالأصل.

- هنالك علبة زرقاء اللون على مكتبي، تحتوي على كبسولات، خذ منها اثنتين، وسترتاح خلال عشر دقائق.

- وما أدراني أنك لا تريد إبلاعي الكبتاجون!

- لن أفعل ذلك، لأني أشتريه بالكثير من المال، وأنت لا تستحق قرشاً.

- حسناً.

- أسرع، علينا النزول لتناول الطعام.

- لا أشتهي تخيل ما تأكل.

- لا داعي لتخيل ما سأتناوله على الفطور، يمكنني وصفه لك، طاولة مستديرة وعلى سطحها ثلاثة أطباق لثلاثة أشخاص، تحتوي على اللحم المقدد، والبيض المسلوق، على جانب كل صحن حبة تفاح، في الجانب الآخر كأس حليب بقري،

سوف أصارحك بالقول، يمكن لي أكل كل شيء عدى تلك الفاكهة المشؤومة، إنها كسُمٍّ لي، تشعرني بالغثيان عند تناولها.

قد تخدع بعبارة تناول تفاحة تغنيك عن زيارة الطبيب، لكنها ليست سوى كذبة، فلك أن تعلم أن في قلبها بذور تحتوي على سم فتاك، فإن بقيت تلتقط البذور كالطيور فيمكن لي أن أضمن موتك... إني أمزح معك فحسب، يمكنك أكلها.

- ما رأيك أن تصمت، فأنت تجعل العسل أبشع من براز الأطفال.

- لك ذلك.

الفصل الثالث عشر

وقفت على أخر درجة تفصل بين المطبخ وغرفة المعيشة، **وقلت لتوم**: عليك ألّا تأتي لرؤيتي لمدة أسبوع كامل، سأتصل بك إن لزم الأمر.

- أين ستذهب؟

- لن أذهب لأي مكان، لكن لدي الكثير لفعله.

- لن أنتظرك، عندما سأحتاج إليك سأتصل بك.

- أجل، افعل هذا رجاءً!

بقي يوم لي على لقائي بـ (أنجلينا). ستة أيام لاحت أسرع من نبض قلبي الذي يتلهف شوقاً.

خلال ذلك لأسبوع، وفي كل مرة أستيقظ فيها، كنت أنظر إلى تلك اللوحة المبهرة، التي لا أحد يقدر، بل سيعجز عن خلق مثلها، كانت حقاً للجميع، ومازالت، لا يستطيع أحد احتكارها أو منعك من النظر إليها، نقية، صافية من أحقاد البشر التي

لن تتمكن أيديهم من الوصول لها، أغلى من أي حجر كريم، ستكون ملكاً لمن أوجدها، كما أنت ملك له. لحاف أزرق يفصل بين عالمنا وعوالم أخرى، ستكون أحمقاً إن لم تعرفها، أو أنك لم تخرج من بيتك فلم ترَ السماء قط.

إني إنسان مثلك، لكني أنظر لكل شيء بزاوية أكبر من زاوية نظرك. لن أتقبل نفسي إن لم أجعلها فريدة، ومرغوبة من الجميع، فأشعر بالفخر لكوني أنا، أتلذذ بطعم الفوز وكسر آمال من توقعني أدنى منه مقاماً، ومن سخر مني يوماً.

إياك أن تعفو عن شخص استهان بك، فهو لم يعطف عليك عندما كنت نكرة، تمتع بإهانته، اسخر منه، اسحقه تماماً، فهذا لن ينسيك الأيام التي بكيتها قهراً من كلامه. وإن فكرت بالصفح عنه، فانتظر العودة إلى ما كنت عليه.

فإذا أردت الشرف فاقتل من عرفك، أو احجز لك مكاناً على رصيف الفقر، ليست سوى حركة بسيطة، لك الاختيار، فإما العز أو الذل.

بالنسبة لي، فأريد أن ينسج التاريخ اسمي بحروف ذهبية. أرأيت كلنا متساوون، انظر إلى المعاق الذي يبهر الملايين، ولم يستطع الحراك، أو الأعمى الذي يرسم ولا يرى ما رسم، أو الأصم الذي لم يسمع صوته، مع أنك تتحرك وتسمع وترى

ولم تلفت انتباه أحد، هؤلاء أوتوا علوماً إلهيه، وحرموا من نعم أخرى وشكروا.

أما أنت فتملك الكثير من النعم، ولم تشكر فكيف بك بعمل الخير، غير من كونك أنت؛ فربما تموت ولن تذكر، لن أطلب منك العمل بالمجان للآخرين، دع قلبك حنون، لطيف ويدك كريمة وأذنك مصغية. دع الناس يقتربون منك، ومن ثم اسرق كل ما يملكون، لا تدع لهم شيئاً، عندما تنتهي منهم، أعدمهم، أو ارمِ بهم، أو عش حياتك كلها لهم، فهنالك من يستحق الموت من أجله.

أنا لن أفعل هذا، فقد أخبرتك من قبل، لك الاختيار، سأعيش كل يوم بيومه، وأعامل كل شخص بأسلوبه، ليست معضلة.

الفصل الرابع عشر

ها قد جاء السبت حاملاً بين طيات ساعاته، أحداثاً شغلت عقلي طوال الأسبوع الفائت.

سرت مع شروق الشمس، كان الطريق خالياً، فشبح الكسل يجول في الأرجاء، عدا عمال النظافة الذين استحلُّوا جمع النفايات القابلة للبيع، تاركين ما يجب تنظيفه، أما بالنسبة للفقراء، فلا مكان لهم بالأساس، هذا إن كان ينظر لهم كالبشر!

كان لدي الكثير لقوله، وصلت عند الكوخ القديم في الخامسة والنصف مساءً.. وجدتها واقفة بفستانها الأبيض القصير، وقبعتها الكلاسيكية ذات الحواف الكبيرة، كانت كل الأميرات بشعرها المتجعد الطويل، كانت أجمل من أن تحتمل عيني جمالها.

اقتربت منها **وقلت**: سمعت صوتك الملائكي لكن، لم أتوقع نزولك للأرض كملاك.

فأجابت: أتراني هكذا؟

لكن، الكلمات خرجت من فمي ليس طوعاً لي: تغير الكثير.. الفتاة التي كرهت الأثرياء أصبحت واحدة منهم!

- ماذا في ذلك! كرهتهم بسبب فقري، عجزت عن تحقيق أحلامي، فأصبحت منهم، لا تقل لي سترفض الثراء إن عرض عليك.

- لا أدري ما يدفعك للعودة إلى هنا...! هذا الميتم كان كمملكة الشيطان.

- أتيت للسبب الذي دفعك للقدوم.

- جئت لأضع حداً للماضي.

وضعت يديها على صدري، بدأت تقترب أكثر فأكثر باحثه عن عشق شاب مات قبل خمسة أعوام، عشت مع أنجلينا في الميتم منذ أن كانت أعمارنا في التاسعة، وقتها تعلمت أن دناءة النفس تختفي تحت أعمال الخير.

كان من يرعى الميتم يجبر الأطفال ما دون سن العاشرة، بالعمل في الأسواق، ومن أكبر من ذلك فيشتغلون في الدعارة لمن يهوى الأطفال والشذوذ الجنسي، كل هذا لجني المال!

وتغاضياً مني عن معاشرته للنساء؛ ليكثر من المواليد غير الشرعيين، فقد كان أسوأ رجل على مدى التاريخ، إن لم يكن الشيطان ذاته. كان يقتل، يبتر الأطراف ليرهب صغار السن، الذين لم يعرفوا معنى الحرية وحق التعبير.

وقبل بلوغي العاشرة، توفي بأزمة قلبية، ما يثير جنوني أن الكثير ممن عاشوا تحت ظله، حاولوا تسميمه عدة مرات، لكن كل جهودهم باءت بالفشل، فالفاسدون يملكون أعماراً وصحة لم تؤتَ إنساناً.

بعد الحادثة التي وقعت لي وحياتي بالميتم؛ كرهت جميع البشر حتى نفسي. (أنجلينا) كانت ملجئي الوحيد، الذي أتقي فيه وأبكي بين أحضانها ألماً وقهراً، كالقمر يهدي من ظل بليل الصحراء القارس. كانت شيئاً مقدساً في نظري، أحببتها، أردت منحها قلبي لتستمر بالحياة من أجلي. ولكن، منذ أن تولى السيد أنجلو رعاية الدار و(أنجلينا) تتغير تدريجياً، وتختفي تلك الفتاة التي سحرت وجداني مع كل اختلاف يطرأ عليها.

حتى أتى ذلك اليوم المشؤوم، اليوم الذي اختفت إنسانيتي فيه، مع أني كنت شبه ميت، وفقدت لذة الحياة، إلا أني أستطيع التنفس والدماء تتدفق في جسدي.. الملاك الذي

لطالما رأيته معصوماً عن الخطأ؛ كان يرتكب الفاحشة مع السيد آنجلو.

عندها أغلقت بوجهي جميع الأبواب، لا مفر لي من هذه الحياة، هرعت هارباً بعيداً.

كان نفس اليوم الذي صدمت فيه ابن السيدة ماندلي، منذ ذلك الوقت وأنا أنظر لكل شيء بعين العقل، وليس القلب، فالحقيقة تُشَوَّهُ عند خلطها بالمشاعر.

لم أنتظر أن يلتصق في بشفتيها؛ لذا وضعت راحة يدي على فمها مبعداً إياها، وأخبرتها مذيقاً لها سمًّا جرعتني إياه من قبل: لست مستعداً لتجريب سلعة جربها غيري، أنوثة الطغاة تأسِر القلوب، أنتَ خير مثال.

كانت دموعها تحرق كفي، لكن.. ما الجدوى من ذلك؛ فالندم لن يغير الماضي.

فقالت محاولة الدفاع عن نفسها: توقعت منك منحي فرصة، أنت لا تعرف أسبابي ولا ما حدث لي!

- أجل لا أعرف أنه كان انضمامك للـ CIA أكبر دوافعك، أو كونك ساقطة، لست أحمقاً لمنحك فرصة، أمثالك لا يجب أن يتواجدوا بالعالم.

رجعت بضع خطوات للخلف، تغير وجهها الباكي، أسقطت قناع البراءة بقولها: أنت تحكم لمجرد أفعال، لا تعتقد أني بحاجة لك، أنت لست سوى قطع غيار.

- لننسَ الماضي، فحبَّات الغبار تعني لي أكثر منك الآن.

- عدت إلى هنا من أجلك، تركت الجراحة، رفضت أخر فرد من أسرة حاكمة، حتى عملي في الـ CIA؛ كنت سأقدم استقالتي بعد رؤيتك، لكنك شخص لا رجاء منه.

- كرهت شتى النساء بسببك، لم أعد أطيق رؤيتهن، ارحلي أو أرحل أنا!

رحلت قبل أن استمع لأي شيء آخر منها، فلو قالت حرفاً لعدت لها زحفاً.

الفصل الخامس عشر

في اليوم التالي، كانت (أنجلينا) قد تحولت لجثة هامدة، كنت المشتبه الوحيد لكوني آخر من رآها!

حسب التقارير، قتلت قرب منتصف الليل، في أثناء التحقيق أراني المفتش صوراً لمسرح الجريمة. ليس هذا غريباً؛ فقد ساعدته في حل لغز إحدى القضايا وهو يثق بي كثيراً.

عرفت هوية القاتل من اللحظة التي رأيت فيها صورة لطريقة عقد الحبل، لكني لم أره الوقت المناسب للكشف عنه.

انتهى شهر آخر قرأت فيه الكثير من مذكرات لوكاس، لدرجة أني تعمقت في حياته المضطربة، ومطالبات زوجته المستمرة للطلاق، وابنتيه اللتين لا يزال يشك في كونهما منه أومن رجل غيره، مع أن اختبار تطابق المادة الوراثية نجح.

كان رجلاً منفصماً عقلياً، هذا واضح جداً في أسلوب كتابته.

لا يهمني من سيموت، الآن أو في الغد، لست أهتم إطلاقاً.

هنالك من نجى من حتفه، لكنه رمى الآلاف للموت، أتمنى الفناء للجميع قبل أن يقتلوا أرواح أشخاص ويتركوا أجسادهم تمرح في الأرض، معتقدون أننا سعداء.

استقصيت القليل عن الجثة الثالثة، التي تعود إلى(لويس بالمور).. يقال إنه لا يتحدث كثيراً، كما أنه مصاب بالمهق (هو مرض يسبب اختلال في إنتاج صبغة الميلانين أو انعدامها نهائياً من الجسم والعينين والشعر).

لديه هوس جنوني بالنظافة، وهو يرتدي القفازات ولا يخلعها أبداً بسبب حساسية يديه، متميز بتعجرفه الواضح وهذا ما أضحكني!

لم تكن إلا ثوانٍ حتى تلقيت خبراً جميلاً، عندما رفعت خط هاتفي، استمعت لحديث المتصل عن موت شخص آخر، وهذه المرة رُميت الجثة بالقرب من سكة القطار، أليس ذلك مثيراً! فذهبت إلى منزل توم؛ أنا أعتمد عليه كثيراً في جني المعلومات.

هو يعيش في شقة من غرفتين، حمام واحد، مطبخ صغير.

الفصل السادس عشر

والد توم يملك نصف الاستثمارات في هذه المدينة، لكنه، يرفض صرف المال على أبنائه؛ لكونهم جميعاً أصبحوا ناضجين ويستطيعون العمل، بينما يصرف الكثير من أمواله على بناء مساكن للمشردين والأرامل.

قرعت الجرس، لم يجب أحد، وقرعته مرة ثانية، لم أتلقَ أي رد، وفي المرة الثالثة، قبل أن يصل إصبعي على الزر، **صرخ من خلفي قائلاً:** أتريد أن تعطِّل الجرس أم ماذا؟! أنا هنا خلفك.

- اعتقدتك نائماً لتأخرك في الجواب.

رفع يده ليريني الكيس الذي يحمله معه وقال: لا ذهبت لشراء العشاء، لكن أخي الأصغر بالداخل.

دخلت إلى شقته، بعد أن فتح الباب لي، سألني عن سبب قدومي، لكني نظرت إلى أخيه فسرعان ما فهم قصدي؛ طلب منه أن يذهب إلى غرفته ويغلق الباب خلفه.

طلبت من توم أن يصف لي وضع الجثة، والشفرة التي تركت معها، أخبرني عن كونها ملقاة على بطنها والسكين تخترق الظهر ناحية القلب، أما الجزء الذي حُرِق فكانت الذراع اليمنى، الجدار الذي يقابل الجثة كتب عليه بالدماء الرقم "9" وبجانب الرقم بصمة المجرم؛ هذا ما أشعل نيران الحرب!

أخبرني أيضاً، أنه كان على معرفة تامة بالضحية، فقد كان شرطياً، كما كانت جميع الجثث الأخرى، وهذا كان الرابط الوحيد المعروف حتى الآن.

هذا ما أثار الرعب في صفوفهم، مجرم عبقري يقتنص أفراد الشرطة واحداً تلو الآخر، لسبب مجهول وبدم بارد يقدم على جريمته؛ هذا جعلهم يتخذون الحيطة والتشديد على عدم السير منفردين.

أليس مضحكاً؟! من نعتقد أنهم يحموننا يحتاجون لمن يحميهم، حتى إنهم لا يردون الموت أثناء أداء الواجب.

وعلى حسب ما قاله توم، فالجثة تعود للمدعو(ديفيد ستارز).. رجل في نهاية العقد الخامس، من أصول إفريقية،

قصير القامة وممتلئ الجسم، ليس ذا سمعه جيدة أبداً، بخلاف صوته الذي أعجب العشرات.

الفصل السابع عشر

رجعت إلى منزلي، نظرت لساعتي، باشرت بحساب الوقت الذي يتناقص من عمر الطريدة التالية.

نهضت لشرب الماء، وأكلت قطع الحلوى الشهية، نظرت من نافذتي إلى الشمس التي تغرب هنا لتشرق في الناحية الأخرى. خلدت للنوم منتظراً أخبار الغد، لكن لا جديد. انتظرت اليوم التالي واليوم الذي يليه، لا شيء يحدث! هل يا ترى نجحت الشرطة بدفاعاتها؟

لم يكن بيدي سوى الانتظار.. ربما للأبد! إلى أن رأيت جريدة تركت أعلى المدخنة، احتوت على مقال قيل فيه:

"يؤسفنا نقل خبر وفاة رجل الأعمال الشهير (جون فور) في ظروف غامضة.

أخيراً استطعت ترتيب قطع الصورة المتناثرة، كل شيء أصبح مفهوماً، أربعة أشخاص قُتِلوا على يد مجرم واحد، وإني واثق أن رجل الأعمال كان الضحية الخامسة.

إدوارد جيسون، لوكاس جارولد، لويس بالمور، ديفيد ستارز، جون فورد... جميعهم عملوا كأفراد من الشرطة، لديهم علاقة وطيدة بالماضي.

أنا الآن أعلم الهدف ذا الرقم ستة، الحجر الأخير في هذه اللعبة؛ لذا توجهت مباشرة حيث يقيم. أخذ الطريق مني ساعتين ونصف؛ سيراً على الأقدام، وصلت إلى ذلك البيت الكبير الذي احتوى في داخله على مقتنيات ثمينة.

وقتها كان الظلام قد حل، دفعت الباب الخلفي، دخلت، كانت الأضواء مطفأة سرت داخله، كان كبير كالقصر رحت افتح كل باب غرفة أراها أمامي، أنظر لما في داخلها.

ثم صعدت الطابق الثاني، حيث كانت بقع الدماء المتباعدة تنتشر في الممر الذي يوصل إلى غرفة المعيشة فاتجهت إلى هناك.

الفصل الثامن عشر

عندها رأيت ظل شخص ينعكس على الجدار، فتقدمت لتيقن ما يجري. رأيته تماماً كما تخيلته، أخذ يغرز السكين ثم ينتزعها مرة تلوى أخرى، حتى إني استطعت سماع تمزق اللحم واحتكاكها بالعظم.

كانت الضحية بكامل وعيها وهي تتلقى الضربات في ظهرها، عندما انتبهت لوجودي أشارت بيدها لي طلباً للعون، لكني، تجاهلتها وفضلت التوجه للمطبخ؛ لأعد لي كوباً من الشاي الأخضر.

في الماضي وقبل ثمانية عشر عاماً، نشأ حب مزيف بين رجل وشابة لم تكن تزال بكراً، انتهى بعلاقة غير شرعية، وبعدما نال الرجل مبتغاه هجر الشابة وهددها بفضح أمرها، فتغيرت نفسيتها، أصبحت أكثر وحدة، فتوقعت أمها أنها تشعر بالغيرة من كون من في سنها قد أصبح مرتبطاً.

فجلبت الكثير من الخُطَّاب، لكن الشابة كانت ترفض بدون سبب مقنع، فأقسمت أمها بتزويجها رغماً عنها، فبدأت مخاوف الشابة تكبر معها شهراً تلو الآخر، حتى أصبح حملها واضحاً، فعادت إلى ذلك الرجل وطلبت منه مساعدتها، فوافق بشرط ألا تفسد علاقته العائلية، فانتظرت موعد ولادتها كما قال لها، ولكن ما لم تتوقعه كونها حامل بتوئم، فأخذتهم لذلك الرجل لَتَخْلُص منهما، ورحلت. ولكنها بعد فترة قصيرة شعرت بالندم كونه خطأها، عادت إليه منه طالبة إرجاع التوئم، لكن الرجل لم يرد أن يفتضح أمره؛ فأكمن لها ولعائلتها مع أصدقائه، ثم أحرق منزلها ليدفن سراً لم يرد منه إظهاره للعلن

عدت إليهما وأنا أحمل بيدي كوب الشاي، استندت على الحائط، أمعنت النظر فيه وهو يحطم رأس (مات داون) الذي يئن من الألم.

كان مشهداً أكثر من رائع! لم أشعر بالشفقة عليه، وبعد عشر دقائق، فارق الحياة أخيراً.

الفصل التاسع عشر

لم يشعر القاتل بوجودي؛ ربما لكون حقده أعمى شعوره بما حوله.

قلت له وأنا متجه لأشعل الضوء: يبدو أني كشفت الخدعة يا سيدي القاتل! أو فلأقل يا شارول.

لم يبدِ لي أي ردة فعل غريبة؛ لذا أكملت كلامي: كنت بارعاً جداً، الأوراق، أثار الدماء التي تركتها، لو لم أقرأ مذكرات ذلك الوغد لما علمت ما تقصد.

A/23، شهر أبريل، اليوم الثالث والعشرون، ٧ تعني فولتا، أما "9"، "1"؛ فتكون السنة، أما الأجزاء التي حرقتها من أجساد الضحايا فلو جمعتها ورتبتها فكأنك تقول في اليوم الثالث والعشرين من أبريل، بجانب نهر فولتا، الرجل الذي حرق حتى الموت في سنة 1927، فأنت لم تحرق عبثاً، ولم تكرر حرق العضو ذاته مرتين، هذا لأنك أردت ممن يراها أن يرتبها فيسهل

عليه فهم ما تقصد، أعتقد أنك تركت الرقم 2 مع جثة جون فورد، أما 7 فكنت على وشك كتابته لولا مقاطعتي لك.

ابتسامته الباردة، صمته الغامض ليست سوى خيوط حرير فرطت من وسطها. خاطبته بأكثر من طريقة، لكنه لم يجب ولا مرة.

أنا أعرف دوافعه، لكني أردت سماعها منه، **فقلت له:** قد ترى الكلام عن أمر حدث وانتهى ضرباً من الجنون، لكن، فلتقل شيئاً دفاعاً عن نفسك، دعني أطْرَب أذني بصوتك الفريد.

كان صمته يلجمني كلما بحثت عن إجابة، ليس بيدي، كيف لي احتمال الوجه الذي دمرني، ماذا بي لا أريد النظر له، لكن، عيني تأبى الحراك.. وعندها صمت؛ من قهر كاد يزول خشية السماح، خرجت من فمه ألحان الموت، كلمات زرع وتدها في نبع سم يأبى أن يزل.

- مالي لم أنل في الدنيا مبتغى، وليس لي بالقدر مفر، وحتى بصوتي أُطرِب المُنْهَار. من عمري ما وُزِّع للعراة، لست سوى بقعة حبر أفسدت الورق، فأفنى نَثْرَ أبياتٍ توارثها أجيال. ما بك تناشدني فَصَّ ملحٍ ذابَ؟ لا تسأل تائهاً عن الجواب، اشرب

من كأس دم أُسقِيتُ منه حتى الاكتفاء، فأصبحت حافياً من نسب مهين.

الفصل العشرون

لم أر بحياتي أشد بريقاً من عينيه الرماديتين الملتهبتين، اللتين بدتا خاليتين من الأحاسيس البشرية، ولا من صوته الذي أرعب الأشباح قبل أن يرعب قلبي، أو من شعره الأحمر الناري الذي كلَّما حدقت به أشعل نيران الكراهية؛ النار التي أوقدت داخل صدري، لم يشعر بها إنسان، وأبقت خلفها جمراً يكوي. أن تعجز عن فعل شيء أسوأ من أن تدفن حيًّا، ألا تقدر وتستمر في عجزك، هل تعلم ماذا يعني؟ يعني أن لا وجود لك في الكون بأسره، ينظر وكأن لا قيمة يمنحك إياها ولو كانت أدنى من السالب.

هذا أنا، لم تجد الحياة قيمة تمنحني إياها، فجعلتني سلماً يصعد عليه خنازير وتمسح علي فضلاتها.

هل يوجد أسوأ من هذا! أجل هناك، أنت تستطيع الموت، لكن لم تنجح.. أن تريد إنها حياتك فيوقف شيء أمامك، أن

تجلس مع جمع من الناس، وكأنهم لا يرونك فيحكم عليك بنبذ أو فشل، الجهل، الفقر، وسوء الختام، وشؤم البلاء، وضعف النفس دون أن يعرفوا أول حرف من اسمك حتى.

قد يكون شارول يبادلني نفس الشعور، لكني لن أهتم له وحتى إن صح حدسي، كان مجرد خيط حيكت به سترة الخزي التي تناغمت مع أبيات الكره، فخلقت ماسة بلون الدم تلمع وكأن الشمس تشرق منها.

بما أني أنهيت عملي؛ فكان علي إسقاط القناع، الذي أجبرت نفسي على ارتدائه، حان الوقت لرمي الورقة الأخيرة، الورقة التي ستقطع وريد الكذب.

- أنا أعلم سبب قتلك لهم، لكن قد يكون هنالك الكثير مما لا تعلمه.

فاستدار واتجه إلى النافذة، جلس متدلياً على الشرفة، وبقع الدماء تملأ جسده، ثم قال: فلتقل ما لديك، فقد قتلتهم وانتهيت!

- كل ما فعلته كان انتقام لدوغلاس أكرمين، الذي رباك منذ ولادتك، لكن هذه مجرد نقطة في بحر، فأنت لا تعلم أنك ابن مات داون، ولديك أخ توأم، تخلَّى عنكما بعد أن علم بحمل الفتاة التي عاشرها سراً عن الآخرين، ولم يكتفِ بهذا،

بل رمى بك عند رجل فقير، أما أخيك فألقي به في الميتم حتى تبناه صديق والدك دون أن يعلم، ثم توفي قبل أن يبلغ.. كان مرحاً وملامحه ألطف منك.

الفصل الحادي والعشرون

ومع كل ما قلته، كان كالثلج البارد، صعب الكسر، **بكلامه المنظم بكبرياء**: لست أهتم! من قد يهتم؟!

فلم أعش لنفسي، لم أدرك أني كنت أنا، ليس خطئي أن كانت حياته تعيسة، فأنا تشردت وعشت على قمامة الآخرين، حتى أصبحت هكذا، على الأقل عاش بقرب أناس، أما أنا فنمت بجانب الكلاب في الشوارع، حتى شعرت كأني فرد منهم، أرأيت حتى القمر الذي يستمد ضوءه من الشمس له جانب مظلم.

ابتسمت بسخرية وقلت: آه حقاً، إذاً ما رأيك بابن عائلة نبيلة نام فوق بقايا القش في وسط عاصفة، وهو من كان يشتكي حر الشتاء.

لم يقل شيئاً، ربما لم يعرف ما يقول، أو لم يرد القول.

- أراك التزمت الصمت، إذاً ما رأيك أني رأيت عائلتي تُحْرَق حتى الموت، وكنت الناجي الوحيد من بينهم؛ بفضل رجل قُتِلَ ثم حُرِق بسبب مساعدته لي، لأعيش في ميتم. كان أشبه بمعتقل لأدرك خيانة أختي الفادحة وعلاقتها بمات داون، وأن سبب موت عائلتي؛ كان رغبتها في إعادتكما.

- وما علاقتي أنا، لمَ تسعى خلفي؟

- شعرك هذا، عيناك أسوأ ما ورثتَ عن والديك، فكيف لي أن أتحمل رؤيتك!

- لا، كيف لي أنا أن أشوه بصري بأخ الفتاة الساقطة، التي باعت ما يزيد سعراً عن الذهب.

- إنها ليست ساقطة وحسب! علي شكرك من كل قلبي لاتباعك خططي وسيرك على نهجي، فلولاك لكانت اتسخِت يداي بدمائهم القذرة.

- هناك من يستفيد مني حتى إن لم يعلم ما أفعل خلف الستار!

انتظرته حتى غفل بضع ثوانٍ عني، فاقتربت منه بهدوء وانتسلت حزامي الجلدي الأسود، أسرعت بلفه على عُنقه وشددته بكل قوتي، حتى كدت أشعر أن حنجرته ستتمزق، لم

يقاوم ولا حتى رفع يديه ليبعد الحزام، وكأنه كان راضٍ عن قتلي له، كانت آخر أنفاسه دافئة وهي تلامس جلدي.

لكني لم أشعر بموته، فانتزعت السكين من ظهر مات، وشققت بطنه وأخرجت أحشاءه بيدي ومزقتها إرباً، ومازلت أعتقد أن شارول على قيد الحياة، فأخذت سماً ورششته عليه، ولخوفي من كونه حياً؛ حملته على كتفي وسرت به خلف البيت الكبير، متجهاً للحديقة التي كانت ملكاً لعائلتي، قبل أن ينشئ هذا البيت على رماد منزلي. حيث دفنته تحت شجرة الكرز، التي زرعتها أختي وأحبتها حتى الهوس، حيث جعلتها تحتضن ابنها كما حلمت.

أمطرت السماء، كأنَّها تبكي حزناً على حالي البائس.

الفصل الثاني والعشرون

عدت إلى الداخل بحثاً عن غرفة جيسي التي كانت نائمة بأمان. قيدت أطرافها بقواعد السرير بلحافها ثم خرجت، أحكمت إغلاق الباب خلفي، ذهبت أنشر البنزين في أنحاء البيت وأضرمت النار فيه، وتركته يحترق كما احترقتُ مئات المرات، لم تنتابني أي رحمة بجيسي وهي تصرخ، فهي لم تقل سوءاً عن والدها، لم أتمكن من تركها بعد أن سلبت روح أنجلينا، حتى قبل أن أعتذر لها عن سوء فهمي لها، عن تضحيتها لحماية الميتم، بينما نظرت أنا إليها وكأنها حشرة تستحق الدهس، كيف لي أن أنسى دموعها ورحيلي عنها؟!

لست ملاكاً أو شيطاناً، كان من حقي الانتقام، حتى إن لم يكن لفعلت، رحلت تاركاً كل الماضي يحترق مع آلامي.

ها قد بدأت حياة جديدة، استَقَلْتُ من الـ (أف بي أي)، بعد أن تعهدت على نفسي كشف كل شخص استغل منصبه

من أجل نفسه، وبالتحديد رجال الشرطة، فقد قدمت قائمة بأسماء من يستحقون الطرد، وكان توم واحداً منهم.

أصبحت أبيع اللوحات التي أرسمها لتغطية حاجياتي، بعد وفاة السيدة ماندلي، انتقل توم وشقيقه الأصغر للعيش معي، أصبح توم إنساناً أفضل، وكان آخر ما يهمه هو المال، بعد ما كان مطلب حياته؛ ربما لكونه المسؤول عن إطعام أخيه ومعرفته بمصاعب الحياة.

لست سوى شخصية خيالية، كالباقين، خلقتها شابة في الثامنة عشر من عمرها؛ عجزت عن قتل البشر، فحكمت عليهم بالموت في عالمي وبيدي، لم يكن لي سوى الخضوع لحكم قلمها، أيا ليت بيدي قتلها كما قتلتني هي.

نجبر على المعاناة لإرضاء أنفس الآخرين، ياله من ظلم في عالم لم يعرف العدل إطلاقاً.

وما زال الفساد ينهش عالمنا المنحل...

تمت